钝与锐

霍楠楠 著

河南文艺出版社
·郑州·

图书在版编目（CIP）数据

钝与锐/霍楠楠著. —郑州：河南文艺出版社，2020.9（2022.5重印）

（文鼎中原）

ISBN 978-7-5559-1058-9

Ⅰ.①钝… Ⅱ.①霍… Ⅲ.①诗集-中国-当代 Ⅳ.①I227

中国版本图书馆 CIP 数据核字（2020）第 144858 号

出版发行　河南文艺出版社
本社地址　郑州市郑东新区祥盛街 27 号 C 座 5 楼
邮政编码　450018
承印单位　河南龙华印务有限公司
经销单位　新华书店
纸张规格　890 毫米×1240 毫米　1/32
印　　张　6.875
字　　数　136 000
版　　次　2020 年 9 月第 1 版
印　　次　2022 年 5 月第 2 次印刷
定　　价　50.00 元

编委会

序 童年的月光把梦照亮

霍楠楠

拉开遮蔽了一晚的窗帘，凌晨五点，窗口蒙了一层灰蒙蒙的雾气，几盏小灯晕在右下角的小路上，像被放大了的萤火虫般，发出昏黄朦胧的光。

早已不再期盼得以望见璀璨清晰的夜空，习惯了以远处和近处的灯光作为深夜与黎明前交替的象征与标志。楼层很高，得以望见很远很远，因此就认定它们是我崭新的星空。每每读书，每每写字，望见它们，一如儿时躺在草地上，被宽广辽阔的星群拥抱，那种安然祥和又宁谧的感觉重新充溢胸口。

这样的感觉，这样清晰的、人为制造的星空，如今也被遮蔽、掩盖，雾霾因子填满其间，胸中忽然一阵悲凉：我们，真的还拥有着什么吗？

乐手拥有音符与旋律，画家拥有色彩与线条，作为诗人，可以拥有自己营造的纯粹的诗意。

因此，我又是幸运的。

于是我开始在文字里进行着日复一日的寻找，日复一日地试图往日重现：蓝的天，白的云，缤纷的花朵，清新的雨滴，童年的月光之下我仰着小小的脸庞。这些最真切最本始的感觉，始终被那种自由散漫而又迷离芬芳的气息充溢其间。

而有时候，终一生的努力，写下的文字，身影之后的航迹，都是在向童年的自我致敬与效仿。

《她的孤独是一面墙》：尘世喧嚣浮夸，生活波折不堪。作为诗人，应当固守内心的纯粹与清澈，在语言的迷宫里呼唤出幻境与梦。知世故而不世故，知现实丑陋而主动疏离，不愿意踟蹰于躁动不安的浮嚣。抒发的感悟在细致的梳理中娓娓道来，态度沉静而坚决，所建构的意识经验体系，完整，循序渐进，力求诗歌的复调气质从容而优雅。关乎音韵、节奏、内质、语气、气韵等的积极营造与选择，故有种从容不迫与直面现实的卓绝勇气，亦是内心境况的映照。《断流》：以冷静的抒情为轴心，静静流动的微小的波澜架构坚定、灵性的语言，遣词造句的停顿与排列自有安详与宁静的意韵，孤独的隐喻深藏于轻淡简洁的音调之间，字里行间充溢着对理想与神性的祈盼。《悲怆进行曲》：贝多芬的《悲怆》奏鸣曲，前两个乐章婉转如歌，各种怆然的感伤在每一个音符里挣扎喘息，后一乐章回旋奏鸣，激情迸发在明朗急速的活力中，"以一种宣言式的坚定语调表达了真正坚强稳定的意志"。作为这些感伤的共振与蜂鸣，在诗行里用意三分，犹如印象派画作，将现实与超现实杂糅，词语的暗示与整体明亮格调的提升，使诗句暂时脱离了悲怆与孤绝的情景感，在表面与更深层的意义追寻似的表达中充满对时间流逝的不舍与似水年华温暖明媚的渴望。更多的情愫与感怀，需要在聆听乐曲之后的余音里慢慢体味。

华灯初上，窗外响起久违的雨声，水流冲洗着蒙尘的窗口，风摇动树干，心情忽然明朗起来。我知道明天这些尘埃都会被淋湿、吹散，直至消失，溃散至大地深处。而我期盼已久的焕然一新的天幕，定会重新展现。

此刻，身虽不能至，心却始终向往之。

2020 年 5 月 18 日

目　　录

钝与锐

缺口纵深

一把斧头沉寂在柴堆旁

雪水擦亮一切

漠然的沉思呼喊

夜晚的杂念丛生

奔跑在城市边缘的人

继续用萤火点燃自己的身影

成功地寄走时间的锈斑

拥堵血脉的暗礁

钟盘漫不经心的旋涡

衣襟上粗脚的针线

使绣花针失却了闪烁的永恒

成为无数个哑然失声的街灯

试图在黄昏之后

不寻常地转向另一面的月光

锋利的恐惧
时刻提醒武器的华丽
生命皱缩成一枚核果
被一顶礼帽概括的激情
总是看见自己躲藏在
腐烂的落叶之后

春天又被大雪唤出
山峰的轮廓有了浮现的预感
无论谁携带着平静的衰落
或者
爆裂的黑洞

女孩

手指穿越黑白相间的台阶

慢慢经过童年崭新的樱桃树冠

酒窝新鲜，如同妈妈昨晚锤炼的铁石

飞溅的火花里辉映着霞光的烟波

眼睫闪动，偶尔迎接一层淡淡的阴霾

彩虹帽檐下点缀细碎的刘海儿

皓石耳钉的星群朝向窗口远处的塔尖

薄雾在林间小憩，

呓语分立两旁，为偏执的音符插上

几片羽毛。一笔热烈的闪念忽远忽近

带来长满紫丁香的小帆

谱写给远方，即将前行的海浪

她的孤独是一面墙

她想起那年深秋的湖上曾经落满了荷花
而今冰封城池
有人在上面不停走动
踩来踩去

走走停停，从春天起就积攒下来的孤单
即使一路上漏掉了很多
却也可以堆砌成
一面冷墙

她不想变成那些浮夸的面具
涂了一层层柔软的脂粉和油彩
内里却有颗坚硬的核
即使深夜也听不到清澈的跳动

她一次一次抗拒

钝与锐

一次一次逃离

她在子夜前睡去

黎明时即起

即使一无所有

当绝望打开她的肩膀

她渴求那些刺骨的痛也能够

变成羽毛

难凉

热浪从门缝里渗透
脚趾感觉到了它

喇叭的声浪带着热气
穿透一层一层的蝉鸣到达耳膜

阳台上的植物失魂落魄
桌上的酵母片蒸成了小馒头

晨起在冷气里又量了一遍体温
发现不是因为发烧才出这么多的汗

据传下周将会有持续的、大量的降雨
据传下下周清凉的空气开始回转

还有下下下周，下下下下……

钝与锐

毕竟上苍的体温共有四种

可我一直以来和即将到来的
它只有现在

午间

山上走

秋蝉一路相陪

林间忽明忽暗

树梢层有风穿行

水边人多，越走人们越多

一只小船摆在山脚下

船体里搁浅着昨天丰足的雨水

山上人少，越向上人们越来越少

想更多地了解一座山

我想去人少的地方

累了就歇一歇，小坐片刻

几只小虫爬向我

把我当成了它们的小山

拍拍尘土向前走，我的脚步

正和一只蝴蝶互道午安

它左边的翅膀扇动

钝与锐

石阶上的尘砾，右边的
与林间的叶子们共鸣
花裙子的孩童也是一只
她的笑声是山间的小溪
伸出手，想捧起一串
又担心它们
会从指缝间溜走

那些光

夜晚微凉

山间的我有了飞虫的属性

轻声地哼鸣

慢慢地，从一束光源走到另外一束

它们都仿佛恒久地温暖

近处的，我的脸庞和轮廓渐渐地清晰

遥远的，那些虚幻折射的美好幻觉

吸引着飞虫的翅膀

还有我真正的那么多的梦境之中

慢慢熟透的童年

完整地，布满星光的天幕

那些上苍发放的萤火虫

何时，才能飞落

我的仰望之外

又听说

它们之中有的已经逝去很久

但是那些光芒依然还在明亮

这样又让我心中多生发了

一种因由

关于怎样更好地活着

孤独

这一次，它是另外的样子

一道影子，来自心脏

一个凹陷，来自空缺的书页

一些莫名的、庞大的安静

日复一日在天花板上盘旋

它们在夜晚吸着血偷偷地吸着血

直到浑身发热烟雾般地膨胀

又一次裹紧了我

听，光的声响

傍晚的山路，向上
有时你会看不到光
只有一枚新月，是他们
童年的剪纸
引领内心的王者去翻阅
去寻觅
去打破回忆的罐子，让它的清辉
占满山谷，从身体里
一点一点把尘埃挤出，发散到
无边的虫鸣里

苍茫中他说，此刻，我就是我们的光
它就一直在发出声响
它一直在响
山的那边，他们望不到的地方
留下了谁一小溜的纸片

弯如月牙，轻轻燃烧着

上面写就的文字

古木

死去的一天浸淫古树的叶脉

一首诗的温度挣扎在枝叶的灵犀

在夜深时挖掘松林深处的佛堂

快要老去的烛光被烙烧

如同厌倦了这许多的繁华

我的河流从不滋养浮夸的枯枝

而正在经过冷漠

和藐视的那场孤单

其实并不仅仅属于你

一场安静和上升的时空

更容易让我双手合十

布谷鸟可以随处叩响岩石

巧合的是

日光已装满了纯粹的火焰

继续活下去

没有任何理由能够逃避光阴
你是你翅膀下的阴影
偶尔的俯冲盘旋
却没有翻转身体的信仰

幽灵重复闪现于梦境
恐惧的粉笔涂鸦凌晨的墙壁
天籁颤抖
没有一棵树不是远离的失散

冰层断裂
泥沙渐渐拥堵河道的逆鳞
执着于打翻一盏古老的沙漏
你爱那恒远的微光

亲爱的，继续，请继续闪烁

钝与锐

因为孤单，只是不同方向的繁华

和黄昏那场安静的阵雨

爱，这永生者

永生是祈福树送去的红缎带
你系上后就走开了
我看见的名字
是夜晚深海波动的粼光

漫游者藏身于林中的华盖
带出清冽作响的山风
和向东流淌的蜂蜜
那是我们极度渴望也没有的甜

糖中毒也许只是个传说
在花朵们纵向排列的蜂巢
同时会亮出锋利的尾针

多情的颤抖
一棵树的及时冥思

也来不及说出一行闪射而出的光

那些被落叶纷乱的文字

那些溜走的时间

一只青鸟飞过

她望着它

从墙的东面

再到墙西

一块碎玉漏出指缝间

这完美的白昼

只有这一点

她看到了自己

可能还有些碎银子

散落在

某些未知的角落

这些残章断句

在她无意的路过

或是从车窗望下

它们就在那儿

闪闪地

喊了一声

喂——

灯与雾

夜色弥漫
明媚的烟火独鸣
望向远处的灯塔

大海抚摸着岩石的脸庞
几只小船指向北斗星
圆月的轻纱
是潮汐轻薄的盖头

一盏灯擦亮于左手
摇摆的幅度
略小于前行的脚印

安抚一支柳笛的哨音
轻巧的音符
逐渐清晰于人们掠过的光影

　　　　　　　　　　　　　　　　　　　　　钝与锐

又见雨落

一切都被放大了，包括憩在指尖
的雪花，鸡鸣而起的晨露
翩然归来的赤蛱蝶
如一场湿吻，草尖的雨珠很有爱
终结了昨日的乱梦
你可以抱怨这白夜的短暂
睁开眼
看满地的碎玉和裂帛

装修过后

所有的书籍藏进柜子里了

窗外的土跑了进来　书桌上

浮了一层　咖啡杯子装满细小的颗粒

掀开报纸的一角　露出一块干净的陆地

罗裙变暗　走进黄昏的博物馆

键盘和鼠标　敲打之后还能使用

我也覆了一身

一如昨天的词句

还在思想的雾霾里生着锈斑

仰首与匍匐

仰首，我的月光
低头，她的六便士

我的几本新书
她的一个苹果

我的月光照向一只蚂蚁微小的征途
她的六便士在水沟里泛着惨白的冷光

月光从前是短的，后来越来越长
六便士是新的，然后越来越旧

我是她不是她，她是我不是我
我有时是她，她有时是我

我的月光在床前，在窗外，

在一切的视线所及之处
使衣衫变得轻盈

她的六便士在路边，在口袋，
可以购买到许多的丰盛

却始终不能置换
我的月光

子夜

这么多年
乌鸦一直住在文字里
它的翅膀是黑色的墨汁　包裹
浓重的夜色

只有灯晕驻守的子夜
桌子是情感最后的城池
独自漂流的船舶

均匀的呼吸暗示着平静的湖水
已经降临　为此她也准备了
足够多的羽毛

和自己的池塘
在百兽宁谧的睡眠中放出
欣然自语　拨开所有的云翳

向着如画的晨曦奔走

她拥有独特的烟霞

春分

早安的叶片在茶盏里慵懒地舒展
泛青的泥坯于窑火的洗礼中噼啪开片

种子冲破黑暗的寒潮与头顶的泥土
看到并成为奏鸣曲其中的音阶

蜜蜂提着小灯盏
它们的触角粘满季节中芳香的光芒

那么慢　那么笃定

这些动作省略语言仿佛一张洁白的纸
这些声响共振一潭湖水澄澈之后的反光

那独特的涟漪与呼吸

是我年少时就已经爱上的

神秘的渴望

一枚叶片的阴影面积被阳光照亮

喧嚣里的宽阔与疏朗
在这条街上梧桐树宽大的手掌里摇摆
与这个暖冬的轻轻告别
是清风推着影子的轮廓有节奏地向前
这提示我有阳光一直在身后

自行车铃声穿过冬青树唇印形状的叶子
跳跃着游来游去
在一棵马尾松前站了很久
一枚松脂滴落手中
它的香味奇异而浓郁
仿佛整座森林的音乐会忽然降临

其实它们一直在奏响
尽管有时是一片池塘　一汪清泉
握着它的香气穿过干枯的街道

此时一枚银杏叶的阴影面积被阳光照亮

它站在枝头轻盈的样子

一直都饱蓄着暖光

剥核桃

吃完早饭

妈妈一直在剥核桃

她的手很慢，很轻

与一个月前截然不同

那时它们浮肿和虚弱

在麻醉的药效过后每隔半个小时

做着向前方抓握的动作

现在她愉快地剥

她平静地剥

她一直在剥

我给她买的核桃全部剥完

爸爸又去超市买了一些

又想起几年前外婆的手

那只攥着我后衣领的左手

树枝一样干枯

去做 CT 的时候我抱起她

手有力和紧张

身体却如此轻盈

像是一朵将要掉落雨滴的云

中午的时候妈妈还在剥着核桃

她说你弟弟明天就要回来了

剥一些家乡的特产好给他带回去

她的手依然很慢，很轻

仿佛她从没见过

从没吃过

第一次尝试怎样用工具

剥一颗核桃

打水漂的孩子

更多的时候

当一枚榛果落下山顶

打水漂的孩子停止了手中的笔

她确信它的树干上每天都会流下浓稠的油脂

在夜晚独自陶醉于信纸的荡漾　和

文字拥抱的练习

小池塘的水有时高有时低

手中的石块有时大有时小

有时尖有时圆

她向着对岸用力地挥手

它们的抛物线轻盈和欣喜

叮咚　叮咚　敲响水面

一条抛物线找到了另外的一半

很多个半圆久违了水底的自己

这情景，犹如她透过时光的铜镜

重新看到许多年前的那一瞬间

用树枝在沙土上一直比画的孩子

吟唱着嘴里刚学的古诗

与书语

钢铁的棱角包裹着许多棉质的叠加

巨大的垂柳不断延伸远处的枝叶

一幕正在破碎的迷离的夜空

她的手指在化为沙砾

从自己的面孔之中向下望去

一切都在醒觉

陷于沉睡的只是耳朵

它们并不依赖于这些棱角

如同我们活着只为了那些更多的原木

稻草和温暖的棉

而钢铁之下

埋葬的其实是复活

和关于复活的诸多

也是现在所打开的那一页

它揭示了很多事物的本真

无论于高阁之上

还是手指之中

被翻阅的沙砾无数　　她执着于寻觅逆光的流金

恒远的光束

灵魂跳跃着的棉

春天蓬勃的新枝

也是细密丰饶的日子

无奈的是

它们给眼睛带去了清泉与草原

却又把耳朵

置放于闹市的荒野

存在

妈妈无法把女儿从肉体中
真正剥离。她为她锤炼
每晚的铁，火花飞溅
清晨的霞光

意境不能把虚空从《诗经》里
抹去　一群蚂蚁载动树叶的峰顶
远处的鸥群　带来内海的静息

怎样才能把爱情抽离
女子的肋骨
痛醒的花朵
淘空饱满的光
错乱的脉动
陷入受虐的瘟疫

就是这样，她们是我的房间

我只是摇曳的

一只火烛

打乱

我转身，带走一盏蜡烛的风声
掀开的杯盖烫伤了手指
整八点的脚步声
又被林中的小路拉回了思绪

庞大的音阶安然辗转于曾经陌生的手指
我把濡湿的光团挂上发亮的树梢
一处未干的墨迹晕入你走音的歌喉

雨雾的另一个名字叫潮湿
花重之时，钻出一只秋蝉的翅膀
打乱的另一个名字，可能是你

欲静，不止

稠密的　树叶一样的日子

上面　爬满了白蚁

它们的一生都在啃噬　生长

与侵占　繁殖出更多的蚁卵

把每一处细枝末节的安静

都要填满狂野

而杂乱的足迹　像钢铁

之光终要被锈蚀挤占，我们

啃噬着岁月仅存的肉体

这四处发散的恐慌 哗然

而下的雪崩　仿佛只要沾到一处

便会逐渐地消融

每一处的光滑与玲珑　坚硬与火光

这些日子纷纷溃败

沮丧与颓废的主打歌有骷髅伴舞

萤火歌唱，总会有背道而驰的

骏马奔跑于梦境的原野
而彼时，慢慢磨砺而出的利爪
也变成最善于滑行的雪橇

两个译本

《遐想集》看了一半
一本被遗忘在梦境深处的钟摆上
一本摊开了雪地里成行的足迹

它们在午后向我走来
咖啡杯里也晃动着树荫的斑点

是某种不安的传递
莫名地惊起叶子们惊悸的慌乱

定格一个动作到另外一个
指针逆向而行，一滴水
从漩涡处飞升

于是第二个译本的语词在狂欢

钝与锐

之后的落寞　坐在这里
用第一个译本的琴键　敲出了
久违的顽石

夜行者

拿白天的烦嚣去喂养黑夜的宁谧

一盏北极星如老僧入定

赶夜路的人高举火把

他企图拉长灰白色的能见度

与瞳孔的距离　他要到达某个地方

鸡鸣之时　露珠之后

一间空房屋紧锁门窗

那把钥匙　曾是一朵孤芳的花

而今成为一杯独醒之酒

紧贴左心房的布兜，一盒火柴用了三分之一

他还在期许　有真正的三分之二

出现于右手拉开盒子的瞬间

甚至有火花与蝴蝶　在眼前与肩膀交替出现

却不会有靡靡之音的萦绕　一曲在心底低回

的小溪　始终压过那些在耳畔的嘶吼

它们是冷漠的辞令　包裹着浓稠的糖浆

　　　　　　　　　　　　　　　　钝与锐

黏得发腻　令一颗智齿在牙床深处隐隐作痛

仅有这些已经足够　他还可以一路搜索

找寻同路的旅伴　直到被黑夜捂上了双眼　前方依然宽

阔

如世纪前的空无一物　偶尔林木乱影

挥舞指路的哲言　玻璃墙壁与屋顶

存疑的那种奇观，它一直深藏在

意象中的流光　只是依然不得而知

这应该取决于他的灯盏

还是清晨的——第一道曙光

高温

地面上的镜子纷纷恍惚

几滴雨在试探

物体活过了人群的体温

这让热血成为一种对比

在嘴巴和鼻腔之间游走的乌云

尚在酝酿下一场洗礼与盛宴

几番动静逼近眼白

瞳仁的黑不过是为了衬托

窗里的明亮和清爽

窗外的抑郁与杂乱

阳光未雨绸缪地闪了闪

是快要迸出画布的裂缝

一种感觉快要决堤

有人群越走越近

呼呼的脚步还在提醒一场秋风

那块经年的瘀青

偶尔肿胀、充血

在盔甲慢慢消融的回声里

夜深人静时，越来越洪大

逃离

下午四点的 K 房
一个酒瓶碰倒
钞票淋湿，混杂于嗫嚅不清的语言

肺叶燃烧的声音，为几片闪动的嘴唇
贡献出耳朵里的氧
窒息者打开阳台，空落的阳光

发射塔辐射每座城市的残词断句
酒瓶堆成小山　　绿孔雀也亮出了
光秃的臀部　　水渍烟渍泡出的印渍

无力解释整个冬天的空气质量
关门　　这中空的小角落
如同在深山打开柴扉

　　　　　　　　　　　　　　　　钝与锐

面对未知的麋鹿和丛郁的松林
只是两种不同的境况
都来自我右手推开的虚无

柔软的密度

无法直视的柔软
像一座难以逾越的桥梁
有着不同的曲度
与坚韧的质地

密密麻麻的针眼
与牵拉扯拽的丝线
像我们每天走过的日子

有多寒冷
就有那样几束光
时刻暖在手心里

有时候照亮自己
有时候暖暖旁人

而事物本身的容貌
有时不同于你记忆之中
就像我也许停在原地
弯下了柔软

也随时准备唤醒
体内的炼钢厂

柔软的密度

保护色

你有一张面具
每个人都有一张

就像你无法分辨是蜥蜴还是鳄鱼
它们静止时就是树叶　或者巨石

就像罂粟嵌在曼妙的躯壳里
向日葵低下沉重的头颅

而那些多肉植物
其实就像我
为了保护自己而生出的利刺

数字与文字

白天是数字，五斗小米
打乱有序的组合，用来供养肌体

夜晚变成了文字。一樽清酒
拿来慰藉被生活消磨掉的边边角角

文字的光芒像蹲在角落的青铜小兽
数字的逻辑是被织成浓彩的锦绣挂毯

可以被几串数字从文字里拉回
也能够用一段文字来洗涤数字沾染的尘埃

而这些乱码，清酒与小米的组合
若构成肖像，就会是那个时而模糊
时而清晰的小女子

动与静

练琴　读诗

白炽灯的绽放安抚夜色

一只蝴蝶飞到第七乐章的升调

几把提琴拉扯马鬃的微凉

麋鹿垂下仰望的角度

是那盏就要熄灭的灯光

正穿过

无数个窗口望出去

我忽然听到

一颗种子包裹着彩虹

正由干裂的大地向远处传播

醉

穿西装的人躺上冰冷的石块
思想者坐在他身旁

他睁开眼睛　与同伴的目光
汇聚成九十度的夹角

之上一部手机的铃声
在夜色中像迷雾一样散开

清晨的马克杯

松了松咯吱作响的零件
闹铃与鸟鸣里慢慢热启动

黑咖啡冲出了纵深的漩涡
滤掉糖分和奶油，这么多的苦涩
斟满时却是香甜的小灵感

抽象的面孔布满杯身的底纹
花朵与海浪　夜晚的灯与黎明前的光
把握的柄断裂在童年的梦境
体表的油彩每天都在褪色

杯底朝天时看到自己的印章
倒挂在时光之中的崭新
来自一次次抹净、擦干的过往

摇椅之梦

两个句子梗在那儿了，起来，躺下，
不得伸展　被藤条的曲度托起的我，
用脚尖和手臂的动作
在河流里漂了整个下午
一地的词语　和故事的碎片
码起来两组最为神秘的
堆砌成我的城堡，即使看起来虚幻与缥缈
只允许一个人进入的时候，也必须
轻轻叩响食指

玛特罗什卡

还有另外一个她
在她的体内
细腻，生动的
更适合放在掌心

其实还有另外另外一个她
在另外一个她
的体内
更为娇小，精致的版本，
需要凝神细看

还有更小的
不施脂粉，只有眉眼清晰
在最后一个躯壳里
更为玲珑与轻盈
却不再是空壳

不打开到最后

你不会看见

一根白发

这根白发是如此的傲骄

这么短，却这么挺直地

站立于我的头顶

是白鹤立于黑暗的夜晚吧

自由地亮开双翅　　几欲高飞

还是

更像一面白色的旗帜

迫使我向时光低头、向岁月认输

或许什么都没有意义

它只是这么直喇喇地刺了出来

向生活的简单和平静

宣告一下自己独特的柔软

和不可替代的永恒之美

杜甫说

1

鞭子一样抽打着他的
除了别离的埙曲，还有各种
灰暗的石块

他像蚂蚁一样搬运着
可口袋里，还是装满了

余下的路程，他在诗句里
一点一点地扔掉它们

肉体的宫殿早已千疮百孔
他仍然在重复
擦拭王冠的动作

他们以为了解他

仰望的，不过是小雨中沉寂的身影

他们看到惊人的诗篇

对面酒肆楼上的杜鹃花

却熟悉他拈断胡须的面容

2

他的毛笔是一件

上好的乐器，驾驭一整座

充满魔法的森林

脉管塞满词语，时常跳动着

七零八落的句子

他劈开灰暗迷茫的

梦境，击节于不和谐音节

的流离失所，不断悲鸣此间

的晦暗与复杂，用更加

狂热的体温，沸腾

打落身体的冰雨

他用来吟诵山脉的琴弦

是孤星一盏的灯火

钝与锐

或者成群结队的萤火虫
曾经接洽于漂泊经年的
扁舟，再一次醉眠在晚风中
看霜叶，红落台阶前

旷野

很多豆子搬了出来　在大地上不停翻滚
直到在某处停下　从此生根　发芽
各自磨砺着生活的铁块
或火红　或锈蚀　或布满灰尘

而最倔强的一颗　我的外婆
布满皱纹与晒斑的蚕豆
依然坚持在六七月的天气里　待在老屋
那是我的童真与她的中年时光
她孤独的老年与我充满憧憬的青春期

她说她在这几间屋子里待了那么多年
时常能感觉到老伴的影子　就在某处
或者某个时间段　一闪即逝
缺水缺电的日子，她弓着身子上坡下坡
每天焕然一新地出去　带了一身阳光回家

钝与锐

在梦里她就是一棵枯树老藤

弯曲的枝条仍然不停地抚慰着子孙

而生活的巨擘终于开足了马力伸向老屋

轰然倒下的不只是一颗颗豆荚与纠缠的藤条

如一件珍品无意遗失于日常的繁杂

我的外婆　终于在某处停下了脚步　入住另一间老屋

——那片旷野　更像一滴雨珠落入久违的泥土

那些在废墟里丢失的　总会在旷野得到还原

我的外婆终于久违了自己的爱情。在高架桥下

在村边上的大柳树旁，甚至停在那片废墟里

尽管听说要建起一座座高楼

可在我的眼里，它们依然就是外婆的旷野

旷野

涂着彩蜜的唇

几种颜色辗转于红尘

黑暗中一支携带玫瑰的左轮

轻易咬破箴言，瞄准人生的瓶颈

现实早已体无完肤，时光自作主张

不在意说出的往往都是绝伦的精彩

任尔窗外的雨，眼前的风，

手中的沙，脚底的草，以及

沉没至雾中的身体

丰满的始终丰满，瘦瘪的依旧尖刻

深藏的始终世故，涂着彩蜜的

依然 灿若三月之桃色

唇影剥落的笑容依然挂在僵持的脸上

一个词语就可击破　摔得粉碎

光线破缝而出，

沉默无能为力

一个焕然一新的清早终究要归入沉沦的夜

　　　　　　　　　　　　钝与锐

从起飞到降落，也仅仅

是一朵昙花的语言

墨迹

一滴墨落入水中
一个人游向大海
此时四周空落
一只海鸥与另一只的相见
是一撇与一捺的际遇
在某个字上终于找到了接触点
却爆发了另一群飞鸟的俯冲与回眸

钝与锐

六月的杂音

坐拥书城为一个词寻遍整座森林
深夜火车厮鸣过平静的草原
凝神谛听村庄的神秘河流之永恒
时光在指缝间流淌，欲望满布
的琴键，谁将奏响明日之肖邦
眺望的棱角倒伏于被擦亮的羽翼
我的名字隐身在躁动不安的音符
像零星的铁闪烁在时间的扭结里
偶尔的失音提升了六月的幻觉
断流与干涸，石块的寂与硬
惊涛拍岸的草木，海鸥伏于灯塔
找寻风的再次涨潮，或者一场雪
不动声色的温润和闪电的登堂入室
沉香缕缕不能直达的神龛　为黑暗
斩获黎明的箴言　明媚的溪流
宁静在峡谷最深处　干枯的积郁

沉入湖底　荣耀颤抖　梦想
若隐若现　鸟鸣即起

凌晨四点的街道

四点，一小点城市被鸡鸣叫醒

极浅的光线四下穿射，找寻突破口

几只猛兽合着眼　歪斜在街道两旁　引擎已冷

垃圾零散着　纷纷摊开了斑驳的尸身

像被这城市吃掉的棋子　等待浴火重生

一只花猫开始淘金，它的双臂生满了肉刺

在春天里日夜疼痛，寝食难安

摩托车呼啸而过，环卫工人刚刚打了个喷嚏

它与一位诗人的哈欠几乎同步，恐怕又预示了

另一场春雨的喜悦　她的扫把和她的词语一起

与大地摩擦　试图点燃星火　她的双脚与她的句子

一直在这条街道前进和丈量，使得黑暗也悄悄

加紧了步伐，它的影子被路灯拉长

最终将与灯光一起消失

深秋

不是一只蚱蜢

也懂得深秋悲凉的哨音

如同体味到荒芜的落寞

她是一叶扁舟

逃去的借口与消失的缘由

夜晚总是孤掌难鸣，有着独特的

丰富，与想象的词语琴键

心怀谦卑，敬畏一切古老与遥远

而冷漠，从未曾刺伤她的盔甲

唯有温暖，它是咖啡杯上，消融的

泡沫

发呆

燕赤蝶掠过眉尖

兰草尖钻进掌心的纹路

几片玫瑰花瓣

很轻，很轻地

潜入旋转的空阔

不想向前

也不会退后

这样的状态很好

她，只想每天

坐，或躺在自己的清茶里晃晃神

不去惊扰，整个夏天

翅膀振动的声响

只去理会

刚才的那朵白云

飘过屋脊了吗

一千朵野花

她们是相对于孤寂夜晚的拥抱
她们是咖啡杯上温暖的泡沫
她们是草原上一个个的小酒窝

一朵朵小橘灯
一枚枚甜糖果

她们是最先亲近清风的琴键
在炫目的光线里谱曲

她们是我留下的一串串脚印
终于，忘记了带走

其他的颜色是模糊的

我只看到这绿野、绿树、绿叶

我只闻到这绿风

在绿色的暖流里

我看到我的影子

它竟然

也是绿色的

画作

撑起云朵的手

在一个失眠的夜里拿起了画笔

更多的想象漫了上来

那些颓废与美好

几乎就是她生活的还原

白日里一只逆风而行的小雀

琐碎的断章码了一堆

她于彷徨的夜里安静地挑拣、删除

另一些等待晾晒风干，一遍遍地回味

与反刍　她忽然看见色彩

和幻化的光影　于眼前交织、浮动

她把构图交给右手的手腕

开始了一只飞鸟的俯冲与盘旋

伫立与翩然而翔

色彩留给左手的托盘

满蘸着清水　和五彩调料的画笔

排成一排又一排

使她像个酿酒师　只不知是五粮液还是威士忌

或者她为自己调了一杯五味掺杂的鸡尾酒

酒杯上停满了青春的唇印

那些俏皮与优雅并存的色彩

也是她尘世里虚虚实实、恍恍惚惚的

大半光阴　当一切的喧嚣偷偷地

向后溜走　她从这扇饱满的镜子里

竟然　看到了另一个

抽象的　自我

画作

这片云图

我一分钟都没有停下
它亦从来不曾静止
从我回头的那瞬间
首先是一匹小马
从飞扬的鬃毛开始
到奔腾的四蹄
忽然又被吹散了
朦胧间一张美丽的面孔
眉眼慢慢清晰
刚要搜寻而出
这片记忆又缥缈而去
开始欣喜于这场追逐了
这些幻化而出的画面
和场景
追逐我童年的池塘　恋爱中的雨亭
追逐着丰满的秋意　白日里的酣梦

哪怕只是一粒沙一颗小石

一朵花和一盏小灯

那么多令人心动的体验和记忆

不是闪烁的光芒

没有盛大的音响与回声

也不曾在意目光的期待

与赞许

只有不停变幻着

变幻着

从这分钟始

到那刻钟的淡出

却已是无边无际

空旷辽阔的沉默

生活在别处

总是有这样的说辞
谦卑　或者喜悦
伴随着感伤的降临

每一双手都有足够的忙乱
是那些重叠着的影像
于每晚的皮影布上
饰演着自己　或者他人
醒来　或者继续沉睡……

叶子刚落下一片
就在你眼中铺满了
这个秋天不在异乡
却还是特别的短

你没有准备好手套和围巾

钝与锐

却已经等待着落雪的姿势
而初冬的月晕，在夜色里日臻浑圆
你仰望的角度总伴随着相思

以至于那些纯粹的花香
从左耳漫到右手了
却还是　念念不忘
另一座城市的
或兰或菊

一根火柴的海市蜃楼

从上古的时间线穿行到手中

一根火柴的宿命总是怀揣着燃烧

饱满于光荣与梦想的华章

或者从这片星星点点的寥落

到那些灿烂明媚的一座座灯火

一根火柴面对的是一大片黑暗

一根点燃的火柴面对的是一双眼睛

一双眼睛里浮现起一座座空中楼阁

离人看到了故乡　孩子高望着天空

月光洒进熟悉的酒窝里　沙漠扬起了胡琴

恋爱的人听到了远在天际的铃声

高空的礼花被同样的时间灰烬所点燃

某些特定的画面被一一绽放

揭示着什么升华着什么都已成为次要

有风来造势　这冷漠的铁　粗粝的火石

拇指和食指的动作刚刚完成

钝与锐

它负责点燃的那部分使命
已成为这座城市永恒的图腾
直到低下头颅
躯壳慢慢地　弯成一张弓

调音师

她独自坐在黑暗里

想象一盏蜡烛燃烧的光芒

火焰爆裂的毕剥之声

与手指下的叮咚作响不谋而合

她敲响每一块琴键

每一组音阶，乃至每一个升调和降调

在某一块停下，推敲

一遍遍定音，如针走飞花，雕梁画栋

音阶的组合，如同她感受不到的文字

忽然就排成了诗篇与文章

那些音符　词语　甚至是天籁

幻化出那么多色彩的曲线

仿佛离她那么远

却又离灵魂那么近

万物都有反射音

她说　她曾独自坐在河流的中央

钝与锐

用想象触摸每一块暗涌之下的礁石

棱角突出的　还是被打磨成鹅卵的形状

那是她的思绪吧

有时是喷涌而出的泉水

有时却属于缓缓流淌的小溪

就像那些手掌下突起的升调和降调吧

在不同的曲子和不同的作曲家手里

却是互相转换着角色

每当手指轻触琴键

都连锁了榔头击打琴弦的动作

还分明把那些

来自春天的音符——奏响

开始显现于人生征途的轰鸣

万物皆有反射音　她说

她独自学会了过马路　跑步

上楼梯　开电源　甚至为钢琴调音

那是一个云淡风轻的下午

她说　她就那样坐在黑暗与河流之中

在那扇被上帝关闭的五颜六色的门旁边

她忽然听到　另一扇光彩绚烂的窗户

从此　打——开——

谜底

来自掌心的纹路

是属于太阳黑斑下的踊动

它一直不停地探索

那片绿色的奇迹

开始用想象去包裹时间了

直到合拢起一滴滴的春雨

直到凌厉的风声熄灭于耳畔

火焰的琴弦幻化为裂帛的余烬

当鸟鸣再一次叩响日渐隐没的谷雨

也饮醉了一潭涟漪盘旋的春水

于是　当我或上或下地

平行于蜜蜂的翅膀

就已经翻晒出了心底

又甜又腻的蜂蜜

一座山的山脊曾是一个人的骨架

一座山的山脊曾经是一个人的骨架

那根断肠草　在注定的时间里　一节一节

夸大了传说　山峰忽然拔地

一条龙行的脊椎似乎要刺破苍穹

神农，他的皮肤已化为植被

满身精血变为飞鸟走虫

在人迹罕至的非景区

至今有蟒蛇和金钱豹隐约出没

请允许我以静默的方式向他致歉

本是安息之所　却被我们叨扰了这么多年

一拨又一拨的人群

怀揣着各自的晨钟与暮鼓

而阳光散射，无数光圈折射进眼睛

那是一个人的回眸，还是整座山？
在他面前　　总是掩盖不了
所有的无知　　善良与恐慌

在峰顶　　自由是扎根于
峭壁的龙鳞松　　仿佛触手可及
我用自己缓慢的脚步去追寻
苔痕上他走过的步履

这就是为什么　　当背对着他的身影
就已经　　面对着　　整座大山

白皮松

龙鳞是白色的，乍起，逆着光
多像此时的我　逆着岁月的不成熟
悄悄藏起一整首诗的光晕

从崖壁上伸出的热情
被某些人解读　另外一些
仍唏嘘在拥抱幻想的惊险之中

安静时每片树叶都是一只只小耳朵　倾听
来自山间的虫鸣鸟啾　独缺流水
那叮咚的琵琶

引来两只山鹰的盘旋
穿过了枝条的伸展
有根的人都到不了的地方
它们用张开的双翅告诉了我

私语时就引来了山风
飘了满树祈福的红缎带
许多人的时空从此离上苍近了
我也开始喃喃自语

约定

暴雨之时你正端坐在冬天的尾巴里

留守于一盆水仙将要远去的想象

一包种子放了很久，只有芳郁

是一串急于敲响的音符，在三月阵痛

四月破茧而出　五月在朝阳下张扬起风帆

蝴蝶飞近，经年的潮湿被记忆一遍遍轻触

沉默于风干的眼　这些于心底结成的一粒粒完美

与极淡的浪漫，也将在清晨放下柔软的身段

一遍遍濯洗出小麦的肤色　作别继续沉睡的优雅

既不过分沉湎于忧伤　也无须刻意营造纯粹的开场

好似一张　沉淀经年的黑白影像

恰如其分的温暖　是童年的月光

玉柄铁剑

由一滴血或者是雨珠开始
断柄的锈
原本只是一个小斑点

却被时光的虫子爬满了身体
如一位长眠的哲人枕着他玉色的文字

在断柄的欲壑里涅槃
火花迸溅的短兵相接里
请忘记掉自己的信仰

可使文字大放异彩的
终至这些锋芒都暗淡无光

尽管那些锈蚀
比诗歌的震撼更为直观

尽管冷却如玉

却能不动如山

晚点

这节列车还有着另外一个时差
有着比鼓点更明朗的节奏，却
并不欢快　它向前方挺进，还打着呼
仿佛一个磁极迷恋另外一个，可
对未知的承诺　那些空瘪
的畅想，一直胶着梦游的涟漪
如同穿过真实钢铁的盔甲
勒紧越来越多理性的眼泪
溃败胸中不断添砖的壁垒。就要远离
岂止是时间的混沌？即将驶入
也并非休止了明媚的抒情
直到它簌簌地抖落　一身的蚂蚁和蜗牛
才晓得用触角分辨敌友，识别明暗
各自背着有形和无形的壳，走在回家的路上

钝与锐

断流

一直有风

在四点的街道上行走

室内的秒针

嘀嗒在虚实难辨的表盘上

两处的灯光都曾经温暖

或者冰冷

如一盏孤独闪烁的寒星

一只飞虫是它脚下的落叶

各自分享着生命的不同形态

当奔腾之水遇上断流

这个话题悲凉

会让人无语凝噎

像一块玻璃

破碎之前有着钢铁般坚定的意志

忽然听到了水声

她停下一切

把头枕在

一片苍翠的丛林中

雀群

不用望出去就知道它们来了
像要排满我的窗外
独特庞大的鸣音,是春天的伏笔
我向右望去时,它哗然向左而逝
我向左回过头去,它早已滑翔而去
这块留白是无意的吧,只用来衬托
天籁的神秘,独特的美,和
某种灵犀相通的体验
恰恰又像极了胸口的一颗红痣
道是有恙,却是有情
愈发衬出我的呆　在这明媚的当口

还原

当乱麻还原为生活　一线纵贯千丝

千头万绪　当千丝还原为韧草　尽头尚在彼岸

百废待兴　当彼岸还原为源头　有情之水肆意流淌

仅一根枯枝还原婀娜的梅

仅几只蜻蜓还原轻灵的翅

仅几簇草丛就揭示了枯荣

而淌于千百年前的一截断流，被大地颠覆

飞流直下到我的梦境，在彼岸之上

才开始与谁　互赠着桃花

　　　　　　　　　　　　　　　　　　　　钝与锐

出征

是海水涌动的声音
波浪对彼岸一次轻抚的憧憬

是雏鹰扇动自由的双翼
长河落日之上远眺岁月的极光

是箭在弦上的一双利眼
稍一放手就会呼啸而过

是羽扇纶巾的帷幄运筹
一曲战鼓已然决胜千里

而刚刚登上初春的月台
一只旅行箱蓄势待发

年轻妈妈把它们轻轻地

折叠起　放进一件小小的邮包

寄给未来

即景

将落未落之际
一只小虫
爬上了风挡玻璃

它在回家还是踏上征途
是在寻找一棵大树
把雨刷当成了树枝？
还是
急着找到某位同类

它就这样一直爬啊爬的
终于爬过了风挡玻璃
爬上了天线
还用小触角搭了搭凉棚
望望前方
再看看背后

歇了大概五秒

就顺着

一滴雨珠滑了下来

一条冻僵的鱼

面对人群的赤裸感

从冰凉惊讶的嘴唇

至鳞片席卷着痛楚

一条潜于水底的困兽

以僵硬的躯干应对北风的拷问

缺氧　失温

欲炸裂的胸膛促使它燃烧

识辨出周围属于人类的气息

推着它一点一点走向未知

越来越多熟悉的神采

逐渐失却于陌生的眼珠

越来越多躯干的沉默

被一堆堆摞在一起

只有它痛楚的无声

和忽然对际遇的深信不疑

挣扎着跳了几下，终于沉寂

大雾里的末班车

傍晚的双眼
开始朦胧，他们说
一场大雾隔开了行人
那片混沌，仿佛天地初始
的一团　看不清
熟悉或脸庞的陌生

末班车静静
停靠在阴冷的腊月
站台安静　它的时间
和人流快成了正比

这些陆地上的小鱼
车窗外的灯火
闪了一下鳞片
就游到了很远的地方

而膝盖上一本掀开的诗集

它的意象早已飞进了

大雾　好像在为即将

来临的那些　酝满

一坛　温暖的醉意

傍晚

闲散的节奏

被一朵黑云打乱了

四周暗了下来

风的不可理喻　忽东忽西

掀起女孩子们裙角的惊慌

停下脚步的　望了望天

散步的　遛狗的

骑着单车带着孩子

要赶今天最后一趟菜市

短促的汽车鸣笛落　持久的单车响铃

拿着青菜的大声讨价还价

一群人疯抢廉价的蘑菇

雨伞继续高悬商店的门口

风在夹缝里钻来钻去

长发女孩的面容越来越模糊

母亲又望了望天

　　　　　　　　　　　　　　　钝与锐

右手探向身后的孩子
而唯一的欣喜
张开双翅的孩子
在雨点洒向大地的那刻
想要起飞

寻找

绿孔雀吹皱冬日的融冰

石榴花滴落最后一粒种子

所有的芬芳记忆飞向东南

一节开往春天的列车

满载着泉水，漫溢出四季的温润

空气清新，天空明朗

我在这里一直走

沿着铁轨，沙石，和

你对面的方向

门上的蜗牛

一辆来自远古的火车
动身昨夜，从雨停开始
以华丽的螺纹晃动着
今日的晨曦，蜗居坚硬

体腹柔软，和不安分的
那些土粒，一起翻滚
在那弯小河和小土山上的
蜿蜒，拉伸了弱小的脚印

泛出珍珠的亮白，在身后
在转折的地方　渐渐明亮
一帧一帧，从门缝里
散落的光线，沾到了触角

穿射进透明的身体

此时无声，攀爬的动作亦无声

无声，但有梦

却不是变成蝴蝶

平行

当你以四十五度仰望或俯视

楼顶的泥土和地平面的草坪

其实并没有两样

都平坦着坑洼着泥泞着躲避不过风霜

僵硬的壳　在雨季到来前

掩盖不了一只蚂蚁或者蚯蚓

的悸动　这瞬间的电流

始于远古，至今繁衍不息

使那引力向下的种子

希冀却一直向上

生长

在曹植墓

撑起伞，辗转而行，
昨夜遗梦在陡峭的屋檐上忐忑地踯躅。
一朵雾凇花的眺望，
绽放于被冰雪打湿的翅膀，
依然摇动着这个初冬，北斗星的光晕。
七步，却在心里走了无数次，
似一首乐曲的低回，
被兄长的长袖舞出锋利的冰霜，
一寸寸地，累结为诗行的脚印。
终日饮酒写成《洛神赋》，
于茫然间展露了锋芒，
向下的长戟毕现，
杀戮于一念之间点燃妒忌的荒草，
猜疑的引线。
玉如意勒紧了命运的咽喉，
进退之间如履刀锋。

龙有九子。

一于琴头，一于剑柄，

或安于香炉和屋檐，

或安于门环和石碑。

王有几子，

豆萁毕剥地燃烧，

黄豆烹煮为羹汤。

沙尘取代雨露，

金戈铁马取代月夜风花。

黎明的塔尖在迷雾中愈发高耸，

雪后的屋顶睛日里散射出金光无数。

明珠与翠羽，

依然晃动着清流与幽兰的雅韵。

只是蓦然的惊鸿一瞥，

斯人已逝于青衫微薄的晨曦。

这把雨伞，已无力遮掩，

我早已泛滥的，沉默的泪水。

太极 24 式

时光留下　乌云驱散

一只雄鹰站在世界的另一边

当岩石一块块松动

有飞鸟的火焰掠空而过

迷雾升起了游走的光线

山峰穿上流水淙淙的外衣

使愈发高远的

仙鹤的双足慢慢收起

一会儿顾盼　一会儿对望

时而凌空招展与仰颈高歌

忽然惊醒了我　体内沉睡的马匹

说到《悲怆》

时而激荡和祥和的部分
其实都是从你而来的
一部电影　一首诗
或者一曲奏鸣

当潮水向你涌来
黑的空旷包围了整个夏天
有一个缝隙喘息就够了
别指望可以突围而出

小夜曲依旧华丽
完美得让人不敢相信自己的耳朵
其实失聪者内心的海浪
总会离真正的天籁更近些

那得了厌食症的人

也爱在一抹深蓝上涂涂擦擦
浓烈的色彩，连指尖上的雪
都要优雅地融化

日夜未停　缓慢地滴落成
达利幻梦上的时针

窗外的男人

他伸手向上拽着
他和石榴都咧着嘴

他在棕榈树的影子下
冲洗着灰尘、飞沫和
一段旧时光

院门大敞
门窗紧闭

几棵树　伫立在
一张无风的相框里
土粒姜黄　刚打理过的饱满
在园子里安心地睡了

一只白猫肥肥的身体

卧在门楼，它的利爪去哪儿了
蜜蜂们纷纷起身回家
完全无视他夸张的动作与它闲适的慵懒

终于结束了，他在园子里踱了几圈
透明塑料袋里满是石榴那明晃晃的牙齿

钝与锐

春天是个胆小鬼

春天是个胆小鬼
冬天走得很远了
才探头探脑地开开门
望上一望

春天只会描唇形上彩妆
还要怕被太阳晒黑了
于是来了几朵厚云
下了几场小雨

春天爱发困
像冬天一样地玩忽职守
于是桃花啊樱花啊
月季啊玫瑰啊
攒在一起开放了

春天还是个浮躁的孩童

夏天还没来

就急不可耐地

催着他的电影

赶快登场

泥土

浮于表面的阅读常常使我
误解了它的颜色与形态
沾到高跟鞋，溅上白衣裙
那湖底的黑，田间的松与实，与
迸射的泥浆流一起，是属于
梨杖与耕作的，是属于谷雨

和金秋的。一个黎明我沿着
地平线走向日出，我的赤足
第一次感受它的遥远与宽阔
至今从未确认过这种气息的我
渐渐熟悉了它的鲜活与芳芬
丰富与成熟。大地的皮肤
地球的面孔，由一个个细小
的土粒组成，滋养生命，哺喂
生灵，反作用于坚硬的

钢筋水泥，与楼群间散射的
阳光，劳动者金黄的汗水
遥相呼应，时空慢慢移向中午
这种情景仿佛是两人的
初次相识，那些从未一见钟情
的人，那些僵硬的表情
那些不信屈原与陶潜的言论
离我越来越远，直到
再也看不见　我从不期待
着什么，只瞧着强光照射之下
的这片泥土，种出树木，盛开花朵
结出不断硕实的果粒，偶尔的交谈
与亲密的接触，就像清风轻轻地
拂过静水的涟漪

钝与锐

湖面上划过一只水鸟

行至湖心
一只水鸟的影子掠过天空
那朵白云认识它
与这片荷田也是老相识了

它用双爪点了点水
这种声音我没有听到
只是，一场小小的波动
从湖面开始一直传至水底

鹰

谁的翅膀延伸到彼岸的梦想
你张开了希望　整个天空都阴晴不定
震撼着千里之外的海水

谁的双爪有着刃的锋芒
经闪电与雷霆打磨
集骤风和暴雨之力量

谁的内心充满重生的能量
只为更加丰满的羽翼更加坚利的武器
不惜将自己置于死地

如果可以选择
我只愿拥有你如电的目光
坚定着自己　坚定望向
极光出现的地方

　　　　　　　　　　　　　　　　钝与锐

雨

好像
再也下不完了
这城堡里的所有
融化的巧克力
滴进嘴里
天地间的甜腻气息

随你而来，随你而走
需要填满的
不仅仅是
清澈的耳朵

暧昧的面孔
布满指纹的大地

加入一场旋转

雨

六角花瓣和

水晶

早已送给昨日的年轮

可我　至今

都还欠你

一个合适的

形容

如果爱

如果爱

是一座翠绿的山峰

背起行囊的我　翻山越岭

轻踩细草如丝般每寸山之肌肤

悄吻羞涩绽放每簇心之花丛

斜风夹细雨

可是你清凌漫溢的芬芳

没有雨具

灵魂便裸露在爱的胸怀

也淋湿在你深深的眼底

如果爱

是一条清澈的小河

鱼儿在粼粼波光里游弋

擦过暖暖的圆石

拨弄柔柔的水草

我只做蚌蛤深埋水中
张开胸怀为你
吐一粒心形的珍珠
用心灵与肉体的沧桑打磨

如果爱
是一望无垠的原野
我就是你手中无意间
落下的种子
深种在雨季
为你发嫩绿的芽儿
结火红的果
种一季的麦香
收一生的成熟

护城河

新雨后，护城河宛如一位处子
迷蒙的双眼　倒映着近处的树木
远处的城墙　是她发梢的一丝柳叶

从汉江和唐河飞来了几只相思鸟
它们衔起了一颗颗种子
经过古城墙、隆中草庐
一棵棵女贞剑荷般直挺蓝天
那嫩黄的蕊是紫薇雅致的芬芳吗

她不禁笑了一下，漾出一层层的旧色时光
像要重新放射出一拱崭新的彩虹
令这三国时的名城襄阳、唐宋时的军事要塞
时而迷离、晶莹　时而又温润如玉

古城墙

已经足够臣服我了
你满面的斑驳与沧桑
是历史与岁月一刀一刀地雕刻出
却依然保持着千年的缄默

东风的手指　要擂响战鼓了
那不断向前加速行驶的车轮
舞动身后飞扬迷漫的尘土

你看，朝圣般的人群
仍然在膜拜一场恢宏的战事
而远方一声声亲切的问询
已经掀开了它厚重的扉页

钝与锐

隆中书院

承载了太多的厚重与沧桑

依然静静地等着讲学的人

再次归来

每一朵雏菊

都读得懂《隆中对》吧

一只窗口飞进的蝴蝶

曾是作者指尖的雪花

尽管与时尚格格不入

就连台前的蚱蜢

都在不分日夜

吟唱着古典

文人们的敬意

在鞠躬的同时

已经登上了台阶

理襟　整冠

必须满腹诗书与经纶

方不至愧对脚下每一块砖

头顶每一片瓦

脚步放慢些

更不敢高声语

唯恐惊散了

夏风中的琅琅书声

这一刻

时光的车轮缓缓向后　向后

像一个约会，地点是心灵

想去的地方

更是一次会晤，让我们更加

肃穆地学会聆听

热爱

体内的精灵
是我写诗时驿动的手指
流淌的小提琴声
和不止一次探索的频道

吹过发梢的风
穿过一切的静寂
掀起一角的易安诗词
我的镇纸盖住了
最后一行忧伤

一场不请自来的雨
与筹谋许久的酝酿
在空中交集

还是那连绵不绝的蝉声

为我的城市镶上了

夏天的边框

药

拿走一些本来属于你的
给予一些并不属于你的
作为交换
有时拿走与给予并不等价

逐渐拿走你的痛苦
有时也要欣然接受
它的无能为力

比黄金更有价值
更多时候你所拥有的一切
都不能够偿还给
曾经的过往
你依然执迷不悟
它逐渐成为一种信仰

它拿不走那些
你的痛苦更累积了
它那些痛苦执着
你必须对它日以继夜地依赖
它一直就是苦的诠释

必须坚信
它可以治疗伤口
更应该知晓
有些伤口
是所有的它们都不能够治疗的

钝与锐

那时明月

唐时李白用过的那面铜镜
徐徐照到岸前的一壶老酒
清辉洒乱了花影
吹动我如水的衣衫
远处的丝竹
踏着翩翩的节奏　穿越而来

那时，或许我是草丛里一只纺织娘
大地胸前的一粒花岗石
因了夜的寂寞鸣叫
因了天长日久的磨损变得坚定
或许，是不经意间沾染上了一丝
古诗人飘香千里的酒魂
被这月光熏蒸　燃烧

使我，今朝的多愁善感

一次次挥舞着灵动的衣袖

高处的寒不自胜

一页页轻翻起流传千年的诗文

…………

春天，我开始练习牡丹式的绽放

暗香犹在飘逸唐诗之雅句

宋时的婉约仍在枝头含苞

如桃花之美努力练习牡丹式的绽放

我细细推敲这寥寥的诗行

花蕊请作我诗词里最动听的修辞

花苞请帮我酝酿最美的醇酒

让春芽醉了吧　让蜂儿醉了吧

让脚下的泥土也醉了吧

借三分梨之雅洁

添三成君子兰的芬芳

增四色红杏枝头的春意

微风轻轻摇曳这些春天的铃铛

无波的湖面静待我梳妆

真相

这个春天一直在向后倒车

我把棉衣又拿出来

晚上八点出去

风吹着口哨一直在身后推

街拐角的一处小饭店

灯光暖暖的

小老板笑容满面

他在门口望了望

到灯光照不到的地方

倾倒积攒了一天的垃圾

几条狗在等他

我有些反胃，想起这个季节的矛盾

在寒风中撕扯的柳条

胆怯的花蕾

千呼万唤

不曾出现的回暖

明明已经刚要起步开跑

又给寒冷

吓了回去

失眠两小时

梦中的冒险是一种警醒，
总在转折的地方提示我，
关于侥幸生存的定义。
此时远处的微明穿射到内心。
这沉静的甜，
被午间的高脚杯、傍晚
不期而至的谈话、今夜
失控的情节打碎。
两小时，空在暂停的黑暗里。
起身。喝水。循环的液体，
播放着我关于睡眠的反复体验。
尝试去连接一些懵懂，
那些被忽略的细节，
被时间的背面粘贴、深化，
沉淀多日的积郁就这样反复僵持，
忽然于夜空中　嗓音逐渐喑哑。

一只鸟的远走高飞

清晨的宠物市场，鸡鸣狗吠到了极致

一只鸟，于不经意间

从精致的群体宿舍

与猎鸟人的疏忽间出走

一段被巧妙安排的时间差

演绎出如此完美的越狱

那棵经冬的柳树用干枯

衬托它羽毛的靓丽，一个

纯粹的腾空，摒弃任何虚伪与矫情的修饰

腾飞者正处在腾飞的欲望面前

空了的鸟笼

充满着想象与自由的味道

这些生了锈的羽毛与

被哺喂出的沉重躯体

犹如装满物质的船舶

总在岸边抛锚

它用翅膀扇拍出几个华丽的最高音

跃上枝头　在空中盘旋几个圆周

祭奠那些被强制冬眠的一段日子

怜香

七月的繁花满池
落在八月丰满成熟的胸膛
乳白色的胴体
就要从绿色的蜂巢里
脱颖而出
一朵盛荷的袭人之香
夭折于哪一只调皮的小手
我的目光
倾注于它水中洁白的手臂
会不会至此停止了
向前的生长

我可以说出春天

当我说起一曲童谣里飞出的蝴蝶
若烟的春水早已载远了关于冬雪的回忆
我们在楼阁之上遥望那片草地，聊着
一些植物的探头探脑
和小动物们的跃跃欲试

当我说起一枚嫩叶竖起的耳朵
数不清的花蕾开始向着太阳吐蕊
藤蔓的故事习惯隐藏在大地之下
妖娆而上的几枝总是对四季颇具野心

当我说起一只雏鸟的回眸
杨柳风中肆意奔跑的马匹
被惊蛰敲醒的千万棵树木啊
我想伸手抓住的
却只有几缕透明的绿意

　　　　　　　　　　　　　　　　钝与锐

当我说起一滴小雨里细腻的亲吻

一只甲壳虫的回归和晨露的滴落

奏响这神秘旋律的　一直都是

鱼儿的欢快吗　还是一只清脆的竹笛

…………

当我说起，啊，当我说起

这些事物，也许

我就说出了——春天

拧北风的人

他一直仰着头

两手各攥着一条绳子

牢牢地

系着大厦的顶端

撑起一幅巨型条幅

红底，白字

关于某知名品牌

在零下八摄氏度的北风里

被拧了十几个三百六十度

成为加长版的"X"

他得一个一个地重新拧回来

逆时针，一个一个地拧成"I"

一次一次地碰撞玻璃窗的布景

一位巨型美女的额头

一下一下地想起

孩子的学费　租房的水电

钝与锐

老父的药费　妻子的围巾
在离他五米低的地方
几个孩子等着刚出炉的面包

十米远的地方
两位老人，优雅缓慢
几个白领，脚步匆匆

十米远五米低的地方
一位女性诗人，被场景吸引
忘记了手中的奶茶
11 月 22 日下午三点半
他一直认真地拧着北风
仰着头，与手臂三十度锐角
并且，保持了近一个小时

拧北风的人

质疑

曾经拥有过的时光
是否真的还在那里
一杯酒的浓度
可以隐藏起一个忧郁的影子
葡萄的光泽属于清晨
往往在傍晚错过了采摘
酸甜苦辣留于舌尖的时候
味道其实早已远走
一曲未终就断了的琴弦
只是因为糟糕的天气
我在键盘上不停敲打的手指
记录的仅仅是我的青春?

钝与锐

一种向往

七月，水之湄
深埋于水底的话语
以一种如此宁静的方式
缓缓打开

是幼蝶的破茧
这些次第放射出的璀璨
在龙湖之上互相环绕辉映
幻化出七彩的虹

一种向往，关于荷
以及有关的碧草与白雾
是我每次始料不及的喑哑
与脚步无法自主的踯躅

它相宜的浓抹与淡妆

纠结在龙湖八千亩的明朗

我们在船上坐着，看了很久

快要成为湖中的一朵

雨后

那些雹子

和风雨一起

用冰冷

放肆地痛击

昨晚大地的高烧

而我是端坐在

黑暗的

一只玉盘

在词语的雷鸣里

饮酒　作诗

趔趄行走

狂野奔跑

总有人感性地

试图穿越

被濯洗过的那阵风

恰如我的理想

总能吹散身边的雨雾

更如今日的残紫断绿中

一朵火红的小花

已经蜿蜒伸出

偷来的下午

一些叶子与另外一些的缠绕
让十月干燥的空气为之一动
深入一片树林的影子
看下午的光线　游走于秋天的指尖

只有这个下午，是我偷来的
偷来的下午，让思绪停止，数十秒
几十分钟，或者几个小时
偷来的下午，内心的岩浆
它们全部苏醒　奔涌

在落叶　红枫　微寒的风里
这片火海　宣泄得有些推波助澜
它们告诉我　关于即将而来的论点
关于一切　关于返回春天
一朵雪花里　晶莹的暖

霜降之后

那片叶子
为这层薄薄的白纱巾
张望了　一夏

留下，还是离开
葡萄藤上的露珠　是谁
昨夜的微凉
一个眺望的女人
轻易被幻想打乱生活

不多的话语
我只听出了一些
另外那些　被谁咽下
和晨雾一起　在黎明时分
向上　蒸腾

蜡梅

那些粉黄的红艳的酒香
已飘于千里之外了
在我的唇间萦绕着　萦绕着
闻着它，便是嗅着你了

光线柔在你的指尖嬉戏
麋鹿的尖角伸向天空
那上面萌出一点一点的春光
正被你一盏一盏地点亮

穿射而出的光线

一次愉快的旅程被敲门声惊醒
这个下午的情节戛然而止
伏案阳光中，把过往泡进半杯咖啡
几只小雀，在初春里蹦来蹦去

这样一个光线充足的下午
只是许多下午其中的一个
却使我　稍稍眩晕

尖塔上空鸟群的飞翔
人群日复一日地仰望
而此时的我，是放在浅水滩里的一尾小鱼
这个下午，或许永远只会慢慢沉于阴暗
但这些光线，会在遮挡的缝隙里穿射而出

钝与锐

就要来了

冬天的尸体被风运走
一些细节开始　回响
斑驳的桃树忆往日新芽含苞

远方不远
一条轨道即可抵达
近处不近
一个距离
从丝线到翅膀
真理的骨架总会被风涂上油彩

恨一座城市
不会爱上城市里的人
而爱一个人
就爱上了所有的春天

朝东的走廊朝南的窗子

朝东的走廊朝南的窗子
被五月下午的光斜射成
一张阴文的黑白琴键
响起了不知谁
昔日零乱的舞步

随着时间和光线的推移
一点一点向上升起
那些栀子花的清香
又被晚到的知更鸟唤回
窗外陷落的泥土
被一簇马蹄莲的根部撑起
上面承载的是过多的期望

傍晚的灯跃上浅绿色斑驳的墙壁
亮起脚下水磨石的牡丹花纹

钝与锐

和菱形图案

被越来越多的水

磨白了时光

仙人掌

或许是为了指路
在绿色干涸了很久的时候
不停地晒太阳　开花
太久了
手指都化为刺针

其实是为了繁殖
其实只是生人勿近
其实丰满坚硬的躯体里
每个纹路　都流淌着水

钝与锐

放学

一朵　两朵　三朵
无数朵
陆续长开的蘑菇
承接着雨滴的欢跃

黄的　粉的　蓝的
七彩色
在高处
我眺寻着一朵嫩绿

秋天

赤道往外移了移，我的秋天
开始亮过雨水洗过的大地

胎菊的心事继续包裹
不会轻易说给路边的草丛

蜜蜂也一次次
朝着家的方向振翅

我开始拆封每一首
由季节寄出的小诗

钝与锐

三点的灯光

灯光又一次亮了的时候
宝宝在轻轻地咳嗽着母亲的名字
面颊潮红　很热

时针指向三点
母亲钻出温暖的壳
立于比冰屋还要寒冷的室内
双眼浮肿　瑟缩如风中的叶子
开始用儿科专家的姿势
倒水　冲药
亲吻宝宝的脸

母亲重新由冰冷钻向温暖的时候
忽然想起
二十几年前的某个深夜
自己的母亲

是否也俨然一位儿科专家的模样

亲吻着面颊潮红的自己

不止一次

一梦

空旷　从来潜浮在
窒息和潮湿的体温
一朵静寂的昙
出神于远方的四季变幻
在春天涌动的潮水里
生长，和渐近的，夜虫的吟唱
微小与平静，已然打乱了
夜晚一贯的魅惑
水声来自天际　拍着堤岸的
自左而右，越来越宏大的节奏
海风伸长了双臂，如丝的长发
飘散似深海的鱼群；她的盛开
在枕边，她的闭合；在梦中

几种声响：平行空间一二三

巷头的异响　在两点钟左右发起

她推着四轮小车正穿过街道

粗糙的双手堆高一车破旧桌椅

车胎将要还是已经报废

依然变幻出舞蹈家的身形

与水泥地面摩擦

发出吱吱吱的噪声

一如她随意扎起

在晚风中将要晃散了的马尾

和结实饱满的衣袖

在这个秋天里

同样收获了大地的热量

内心不断流淌的奏鸣曲

斑斑的油迹和浓浓的人间烟火

她越过一座又一座

明媚与闪烁的霓虹

钝与锐

眼前依然是空旷的街道

耳边始终是车轮尖锐的厮鸣

她和我在一个平行空间里

她行走在楼下街道

我在临街的小楼向下张望

哈欠越来越多

铺里的麻将摊子

快要接近尾声

几双大手仍旧推搡着各自的多米诺

绝妙的音响与意念中

相继匍匐的线条之美

已然盖过了

手指与钞票互相摩擦的节奏

试图重新拼接起

这个点至那个牌之间

漏掉的某个部分

或者错失的一些片断

当铺子里的灯熄掉

他们睁着小鱼一样

圆鼓鼓的双眼

三三两两地游回自己的池塘

面对初冬的清冷
有人暗自缩了缩脖颈

他们和她在一个平行空间里
他们在玻璃门里
无意识地望了下她和她的小车

三点的列车轰隆轰隆地震动着铁轨
忽然被一声鸡鸣引燃了合唱
几重和声此起彼伏　即将波澜壮阔
几只飞鸟在电线上立住了
这些跳动闪耀的黑色音符是真实的
它们扇动双翅　互相叨啄
使一些灯盏在很早就被点亮了
尽管还有许多隐没在各自的梦乡

我们都在一个平行空间里
我们在近处
它们在远方

暖光

仿佛一切归于尘土
雾霾里淹没的一座座鸟巢
小山丘一样地隆隆突起
召唤着彼此的仆仆风尘

今春的新雪一再地酝酿
终于磨尖了笔锋
邂逅般地铺天盖地
席卷于灵魂的暮鼓与晨钟

又一阵风吹响悸动的野果
旅途的繁星依然悬挂于明晚的枝丫
是一张张遗落的拼图
承载着每岁的流水与落花
一并汇入前方的壮阔波澜

而时光的缝隙是树荫漏下的刀光剑影

总有一片叶子

在你的心上　一再地摇摆

于是那束光

我在每个夜晚　不停地温暖

布展

榔头钉子涂料画作
他裹进宽大的工作服里
头发微微卷曲
五官棱角分明
胡茬刺满他的嘴唇四周
被大板桌托举起的
他　正托举一幅画作

这期间
几名游客
一位导游
两三位美术馆工作人员
还有我
误闯入布展大厅的闲散之人
把四月尚且凛冽的寒风
卷进这一片缪斯的调色板

布展

一个上午

他目光所及

除了墙壁　工具

蘸满涂料的板刷

或偶尔望了望窗外的天色

完全无视

额头的汗珠

指甲上斑斑点点的涂料

和手掌条条挂痕之间的血丝

两根烟头的浪漫主义

我们赶到时

每一片树叶都在一层一层拨亮天空

秋高大抵就是如此

浓烈的色彩随时都想要跃出画框

校园亦是难以描述的生动

一只灰喜鹊在前面引路

扇起了潮湿的空气和草地的清香

它所到之处，蚂蚁们在路口搬家

宿舍楼的窗口里纷纷伸出了自己的旗帜

朴素和流行　简单与时尚

多像他们张扬的青春与满满的激情

还有　整个城市里最破旧的自行车都集中于此吧

车座布满灰尘，像角落里假寐的老人

而你说想起了自己的大学时光

那段青葱岁月里的浪漫

就像某个女生为你洗好的衣物

兼有洗衣粉和花露水的清新雅致

多像那些快要褪色的照片

虽然沉积于记忆的箱底

把现在的一些清理出去

找到时依然如初时的清晰与明亮

在一块荒石上坐了下来

你留下了两根烟头

它们带着喧嚣与绚烂之后的安然躺了下来

也算是某种仪式的回归

只是这种黯然明媚的熄灭

从来都不曾代表

你心底的荒草不被点燃

车队

身旁闪过几辆大车

两辆在前方引路

几双漠然的眼球

被冬日早晨的太阳捂得泛白

仍然端正地坐着

随着车身晃动

是绿蘑菇身上的一只只

小蚂蚁

飘然渡过河流的小舟

迎接前方的瀑布

或是暗夜的雷鸣

遇着泥土

就落地生出芽状的枝叶

伞下避雨

永远有枝可依的生命之菌

从不曾被岁月淘空

一点点想象就能被拓展到极致的夜空里
光芒闪烁　远方的车灯也是近处的
　　星盏
走了好远，才看到前方车上的四个大字
前有车队
可是　我早已飞速地行驶而过

拒绝融化

整个季节
将自己捂在失聪的世界里
拒绝融化于尚暖的春风
任三月桃花雨纷纷飘落
我从不挽留
那一瞬的灿烂
任内心的相思泛滥
一如满树千头万绪的枝叶

四月流萤钻进身体里探路
它的微弱穿不透我身体里的寒
那道最有力的屏障一直把我封锁
四月啊，我曾经最得意的春夏之交
那段时光像音符始终流淌
曲终就要散了么，还是春天就要回家
我只能踮起脚，巴巴地翘望三季么

在五月，穿长裙，涂厚厚的霜防晒

行走于艳阳下，于天地间

冰山与冰山的邂逅、相遇

和终于被碰撞出的道道伤痕

它可以裂，可以断

可以很完美地破碎

质地，却始终坚硬如铁

她手中的烟

是唇边被忽视的玩笑
一段隐在她瞳孔中的往事
点燃曾经拈花的手指
阴霾自唇边一层层散开

落寞的姿势在低垂的
眼帘里得到深度的释放
烟头的薄荷是有毒的良药
唤醒了她所有潜藏的荒芜

它的无形与甜美　掩盖了
尼古丁与身体赤裸的
对立　提醒她已经濒死无数
只有 N 次得以重返人间
这明灭的黄晕

相似于落日　是仅余的落日
定格在一触即散的灰烬里
凝在她的胸口，借此安身
立命于黑色的夜晚

一只蚂蚁穿行在书籍

一只蚂蚁穿行在书籍

它细小的脚印很快爬满了诗行

低处已快落雨

它的登高　是如此缓慢

而又迅速

像潮湿的身体被风

一直吹

很快室内昏黄的光线

被风移走

一只蚂蚁的内心不会比

深秋的繁叶更丰富

流淌的生命不会比书籍更为沉淀

它在书籍中穿行

仿佛在等待谁无情的拇指

把生命的激情

优雅地上升

树

风吹落这些尘封许久的叶子
是谁的一生在用这种方式
不停地诉说
我在一个梦境看到了
明年即将发生的一些事
凄迷婉转的情节是醉了的温度
在一个失控的瞬间得到提升
切开那些复杂得发霉的情绪
让我把一滴滴的雨露注入
原本不再单纯的心灵
干枯是嘴唇的形象
涌泉是眼睛的执迷
我在一棵树干里找寻着泪水
渗透最后一层的年轮　　向外
再向外延伸

钝与锐

桃花雪

古镇长街，寒号鸟的低飞，
是一池春水盘旋的苦守。
冰封，想必就是拒绝自身。
携带着沉默的光源，
总会发现透明的静止与背后的涌动。
推开半叶心窗，
万物萌发出某种隐含的气息，
仿佛点燃了无数种舒适的因由，
于天地间，洒满宁谧而纯净的暖。
激动地聆听，
面向朝圣者祈祷的余光，
猝不及防的梵音，
也开始变得从容与淡定。
翅膀醒了，夜的围墙顷刻坍塌，
飞翔的意念妖娆而上，
沉重的躯壳，尚在渴望梦境的莽野，

那隐藏纵深的伏笔，

还要多久才能够轻轻溅起与安然而落？

羞涩的青鸟是辗转的风声，

穿进游移的花枝，

湖水轻点叶子纷乱的光影，

一壶浊酒里晕出满树的浅浅花影。

惊蛰敲响，

苏醒的鼓点渐远渐近。

那樽蚀骨的酒杯，

早已碰翻了漫天的思念。

席卷，我浑身的战栗。

杏花雨

暮春里结网，

为一只早夭的蝴蝶。

沉溺于经年的潮湿，

再没有一种陈酿，

可以让你尽抒胸中繁华。

笛声悠扬而至。

一枝独秀的雅静，

自冰洁的素淡与极致的绚烂中成形。

牧童的脚步很轻很轻。

灵动的水袖，

似残或缺的夕阳，

编织出一组组行走的山水画卷，

总以为自己也在喧嚣中沉寂。

此时，偏要被淅沥声打断思绪。

黯然熄灭的不仅仅是躯壳与翅膀。

一支乐曲的浮沉与消融，

是通向仙逝者的解脱，
与未来者的缅怀。
臆语微凉。
滴落眼帘与翕动的唇角，
灼疼满树呻吟的鸟鸣。
宛若前世的作茧自缚。

碧云天

仿佛一切都是新的。

似乎每个沉重的肉身里都有一朵轻盈的云。

断裂的冰层,

刺破天空久远的想象。

大地温润如玉。

丛林的发簪晃动不止,

轻斜的疏影,

时而化雪之婀娜,

时而化雨之呢喃。

时而走近某个人的身影,

那么多的画面叠加,

成为一扇五彩之门。

许多温润、悱恻的句子留下来,

在天空的高处,

内海的波动,

堆积出大片的云霓,

更多的落叶，

挤进幽深的庭院。

午夜，一次次把酒，

把自己的梦境推向更深的东篱。

恍若昨日疏离的芳踪，

模糊面容之后的呓语。

和雾霭之后的肃然。

一个休止符的出现，

飞鸟静止了盘旋，

于山的背后，

不住地嘶鸣。

黄叶地

我的密码箱里有着内在的泥土，

分享无瑕的内心秘籍，

以及清晨的野草花香。

青苔，布满我的四季。

散漫的枝条引领西风，

舟楫纠结于落叶的池塘。

坐等一场金黄的法事，

缘起于候鸟翅膀的指针。

萧索与孤独自有空旷之美，

枯败，也意味着一种速度的生长。

十月，一只火鸟，

就此伸展出狂野的烈焰，

游渡于最深广的天宇。

大地迸裂出丝丝祥光，

岛屿睁开窥视的眼睛，

曙光飘向遥远的彼岸，

群帆狂奏起沙哑的琴弦。

时空翻卷云层。

一片海浪的草丛，

一对海鸟的飞翔，

足以让我安身立命。

咏菊

1

霜与雾，
安静地躺下，
你掀开天幕的一角，
像音阶缓慢提升了天空的高。
云层流动着金色的秋意，
你在酝酿。
一坛芬芳的醉意，
或者一场肃穆的法事。

2

凌厉的骨感撑起高贵的头颅，
伸开手指，

交出绽放所有的力量，

一把仅有的钥匙，

却可以打开全部的绿色臂膀。

次第伸出一朵朵深邃的词语，

这秋意甚浓的记号，

向天空，向河流，

向雨与雾、冰与霜，

致以最崇高的问候！

雀群退散，河流失声。

是惊叹吗？还是——共鸣？

3

在秋天，光，并非都来自天空。

菊花们就是一道道迷离的光线，

那些暖，

任由着我们捕捉，

背后的时光，

和前方的小路。

没有尽头，

你却要用余生的脚步来磨损，

用那把钥匙，

点燃每一个晨昏。

钝与锐

4

草木的鳞片也向着天空疯狂扭结，
你在修篱种菊。
这内心的禅意，
来自清晨的露珠，
和暖的秋风，
和簇拥相握的枝叶。
一抹沁香化为绕指柔。
最柔韧的曲度，花瓣，
在秋风中舞动一层层薄纱，
这轻盈的盖头。
也舞动着身后的绰绰之影。

夜

夜裸露出半个肩膀

未露出的总是让人遐想

两只鸽子飞上楼顶

推开窗子

黑暗的手摩挲着房屋　树影

青草地有纺织娘在推波助澜

有人轻轻哼出爱

有人瞪着恨意的光

他们为对方把着脉搏

那下面藏有无数个跳跃的篮球

它们在昼梦以外的地方

奔跑　汹涌　从不为哪一扇

窗子做数秒的停留

总是　有几丝乐音夹杂风声

和几句低音的叙述

它们不会沉没于黑暗

它们上演着那些烦琐的似是而非
动感地吐出得意的小气泡
"听到这些的不一定都是幸福
就像没听到的不一定都是悲伤"
于是故事总是被
一支成熟的笔尖
或者光束　刺痛着

气味

门被关上
气味留了下来
僵尸般在角落
闪着青铜的光

墙体剥落
手的喟息轻轻拂去

只是对它蹙眉
只是臆想着
从那股风里吹过

闭目遐想

这些气味聚集处
滋长着更多的青草

我仍然执迷在这些气味里

不断地倾吐着

清澈波澜

潜水

潜下水底六十秒
把大片大片的水花托起又放下
在蓝色的柔波上盛开并消融着
秀发有着海藻般湿润的忧郁
人们向西游去
一些事物和刚才有片断的转变

一、二、三，下！
我们喊着，看谁先钻上来
于是水底有了许多互相瞪着的潜水镜
和伸展着手指的节奏
听见水声的动荡了
几只小脚向上游动
我张开白鹤之翅
滑向一片蔚蓝的波
从水底的祥和上面飞过

钝与锐

许多慢动作

在眼前腾挪、翻转、跳跃

此刻空气是海底的珍珠

嘴鼓着　气泡沉默着

刚浮起的几个孩子又潜下

在水里做着鬼脸　拿着大顶　啃着自己的脚

说点什么吧　或者笑出声来

我看到水中的花朵盛开再盛开

潜水

某一天和任何一天

洗脸。刷牙。以涤尽的方式静默尘埃般的昨日

十秒钟的余温，断发冲走

尚且不断地掉落，有新的涌出，一片等待梳理的杂草之

地

像极了某人的生活，饱含着杂乱无章的琐碎与细小

恐惧光脚行走的寒冷

恐惧碎石子或玻璃碴式的流血

衣物与鞋子是永远的盔甲

恐惧一切未知的伤

需要黑暗来舔舐

日渐模糊地行走，一副眼镜的需要

比任何一个时候都来得急切

架在空洞的过往

更像是透明的半个面具

使遮掩的现在清晰

身边的梦境，在某一刻忽然触手可及
同样的色彩，衣饰与场景
与同样的嘴唇，说出同样的对话
纠缠人群与街道，临界于虚幻与真实
与同样的隐痛一样无处闪躲

从容的翅膀一直扇拍着风
与十七楼平行的视线
在钢筋水泥的森林里尽管望不到很远
值得庆幸的是，树木一直孕育着欣喜

一场火焰般的秋日
所有的山头被红枫燃透
一根烟的灰烬里年华逝去
瘾者的手指僵直，试图识破关于时光的箴言

之于楼层的不断下陷，地平线一直在长高
迎面落日的两位老人
他们的背影
是否比奔跑着的青年或者更趋于感性

或者是我漆黑如眸的寒窗和冬日尚薄的衣衫

正等待着一场，热切拥抱的修缮

与无微不至的缝补

创作谈

智利诗人聂鲁达说："非写实的诗人是死的。单纯写实的诗人也是死的。"理性与非理性经常在梦境与现实之间纠结着我们的生活，影响着我们的文字。

作为写作者，特别是诗歌的写作，应当不受任何流派的影响，摒弃那种虚伪的讴歌和矫情的无病呻吟，把独特灵动的诗歌触角伸向每一朵花、每一滴水的感动，在喧嚣的都市生活中找寻并开垦一片纯净的精神土壤。

我的语言来自一些生活细节的沉淀，一些词句往往在一次次雷鸣前的闪电里击中内心，我需要做的，只是把它们记录下来，并用刻刀细细雕琢。

我认为诗歌应还原生活但不仅仅是生活，诗人应该像摄影者那样善于捕捉生活中每个精彩的瞬间，无论喜怒哀乐，那是我们独立于其他生物的象征，更是我们不同于同类生物的独特的生命体验。

在每一个晨昏的写作中，一点点地梳理每一个令我感动的细节：春天的芽，夏逝时的精灵，冻僵的鱼，高纯度的酒，湖面上的水鸟，以及秋风掀起的惊慌的裙角，在它们的具体实像和虚拟意象里陶醉于生活本身赐予我们的诗歌的美，美在它的真实，美在它的独特和它的不可替代。

在越来越世俗化和浮躁的时代里进行诗歌写作是一种很静谧的事，它需要更多来自写作者内心孤独的禅意。可以说，每一个孤独的人都有可能成为诗人，但是进行诗歌写作就像酿一坛美酒，你的生活经历需要慢慢地发酵，你的词语和句子需要那种让人一打开坛子就能闻到酒香的程度，你的诗歌才能使人一饮难忘，飘香到很远很远的地方。

我愿做这样的酿酒人。